Nota para los padres y encargados:

Los libros de *Read-it! Readers* son para niños que se inician en el maravilloso camino de la lectura. Estos hermosos libros fomentan la adquisición de destrezas de lectura y el amor a los libros.

El NIVEL MORADO presenta temas y objetos básicos con palabras de alta frecuencia y patrones de lenguaje sencillos.

El NIVEL ROJO presenta temas conocidos con palabras comunes y oraciones de patrones repetitivos.

El NIVEL AZUL presenta nuevas ideas con un vocabulario más amplio y una estructura gramatical más variada.

El NIVEL AMARILLO presenta ideas más elevadas, un vocabulario extenso y una amplia variedad en la estructura de las oraciones.

El NIVEL VERDE presenta ideas más complejas, un vocabulario más variado y estructuras del lenguaje más extensas.

El NIVEL ANARANJADO presenta una amplia de ideas y conceptos con vocabulario más elevado y estructuras gramaticales complejas.

Al leerle un libro a su pequeño, hágalo con calma y pause a menudo para hablar acerca de las ilustraciones. Pídale que pase las páginas y que señale los dibujos y las palabras conocidas. No olvide volverle a leer los cuentos o las partes de los cuentos que más le gusten.

No hay una forma correcta o incorrecta de compartir un libro con los niños. Saque el tiempo para leer con su niña o niño y transmítale así el legado de la lectura.

Adria F. Klein, Ph.D.
Profesora emérita, California State University
San Bernardino, California

Managing Editor: Bob Temple
Creative Director: Terri Foley
Editor: Brenda Haugen
Editorial Adviser: Andrea Cascardi
Copy Editor: Laurie Kahn
Designer: Melissa Voda
Page production: The Design Lab
The illustrations in this book were created digitally.
Translation and page production: Spanish Educational Publishing, Ltd.
Spanish project management: Jennifer Gillis/Haw River Editorial

Picture Window Books
5115 Excelsior Boulevard
Suite 232
Minneapolis, MN 55416
1-877-845-8392
www.picturewindowbooks.com



Printed in the United States of America.

**Library of Congress Cataloging-in-Publication Data**
Blair, Eric.
[Boy who cried wolf. Spanish]
El pastorcito mentiroso : versión de la fábula de Esopo / por Eric Blair; ilustrado por Dianne Silverman ; traducción, Patricia Abello.
p. cm. — (Read-it! readers)
Summary: A retelling of the fable in which a young boy's false cries for help cause him problems when he is really in need of assistance.
ISBN 1-4048-1616-X (hard cover)
[1. Fables. 2. Folklore. 3. Spanish language materials.] I. Silverman, Dianne, ill. II. Abello, Patricia. III. Aesop. IV. Title. V. Series.

PZ74.2.B57 2005
398.2—dc22
[E] 2005023449

# El pastorcito mentiroso

Versión de la fábula de Esopo

por Eric Blair
ilustrado por Dianne Silverman
Traducción: Patricia Abello

Con agradecimientos especiales a nuestras asesoras:

Adria F. Klein, Ph.D.
Profesora emérita, California State University
San Bernardino, California

Kathy Baxter, M.A.
Ex Coordinadora de Servicios Infantiles
Anoka County (Minnesota) Library

Susan Kesselring, M.A.
Alfabetizadora
Rosemount-Apple Valley-Eagan (Minnesota) School District

## ¿Qué es una fábula?

Una fábula es un cuento que nos enseña una lección o moraleja. En las fábulas, los animales hablan y actúan como la gente. Un esclavo griego llamado Esopo creó fábulas que se conocen en todo el mundo. Esas fábulas se han leído por más de 2,000 años.

Había una vez
un pastorcito.

Todas las mañanas, llevaba las ovejas de su papá a pastar a una montaña cerca de la aldea.

Estaba todo el día solo
con las ovejas en el prado.

Un día, el niño se aburrió.
Decidió hacerle una broma
a los aldeanos.

Corrió hacia la aldea y gritó:

—¡Auxilio! ¡Un lobo ataca mis ovejas!

Los aldeanos dejaron todo
y corrieron a espantar al lobo.

Pero era una broma.

Las ovejas pastaban en paz.
El lobo no estaba por ahí.

El niño se rió.
¡Qué fácil era engañarlos!

El niño repitió la broma varias veces.

Cada vez que los aldeanos llegaban, no veían al lobo.

Pero un día, los lobos
atacaron las ovejas.

El niño asustado corrió a la aldea
y gritó: —¡Auxilio! ¡Unos lobos atacan
mis ovejas!

Pero nadie le puso atención.

Nadie fue a ayudarlo.

Los aldeanos no le creyeron
y los lobos se comieron las ovejas.

Como el niño había mentido tantas veces, nadie le creyó cuando dijo la verdad.

# Más *Read-it! Readers*

Con ilustraciones vívidas y cuentos divertidos da gusto practicar la lectura. Busca más libros a tu nivel.

FÁBULAS Y CUENTOS POPULARES

| | |
|---|---|
| *El asno vestido de león* | 1-4048-1620-8 |
| *La gansa de los huevos de oro* | 1-4048-1622-4 |

| | |
|---|---|
| *La cigarra y la hormiga* | 1-4048-1614-3 |
| *¿Cuántas manchas tiene el leopardo?* | 1-4048-1648-8 |
| *El cuervo y la jarra* | 1-4048-1618-6 |
| *La gallinita roja* | 1-4048-1650-X |
| *La liebre y la tortuga* | 1-4048-1624-0 |
| *El lobo con piel de oveja* | 1-4048-1625-9 |
| *El lobo y el perro* | 1-4048-1619-4 |
| *El niñito de jengibre* | 1-4048-1647-X |
| *Pollita Pequeñita* | 1-4048-1646-1 |
| *El ratón de campo y el ratón de ciudad* | 1-4048-1617-8 |
| *La zorra y las uvas* | 1-4048-1621-6 |

¿Buscas un título o un nivel específico? La lista completa de *Read-it! Readers* está en nuestro Web site: *www.picturewindowbooks.com*